Essais

POÉTIQUES.

Pixeris Pt.
Le Conte Sculp

Essais
POÉTIQUES

PAR

M. Florville Bauduin.

L'homme est libre , fut-il né dans les
chaînes , c'est à la liberté qu'il est destiné.
SCHILLER.

Lille,

IMPRIMERIE DE BLOCQUEL , GRAND'PLACE.

MDCCCXXIX.

A mon Frère

Louis.

De mes premiers essais reçois le pur hommage

Reçois-le , je t'en prie , il est digne de toi ;

Non ; ne te contraint plus , pour moi

Je t'aimerai comme au jeune âge.

1*

Ton amitié, mon frère, est tout ce que je veux,

Celle d'un bon soldat comblerait tous mes vœux.

Ne voulant pas ramper devant son caractère,

Il me croira sans doute incapable de plaire,

A peine il me connaît. Non, le doux nom de frère,

Ne reviendra jamais m'enhardir à l'aimer ;

Louis n'en parle plus, je cherche à l'oublier.

Mais aussi, s'il venait, guidé par la tendresse

Et par la vérité, que j'aimerai toujours,

Il trouverait en moi l'ami de ses beaux jours,

Ainsi que l'homme à la tristesse.

Juillet 1829.

Souvenir

De la Foudre.

Que de fois j'ai béni ce bruit majestueux,

Près de celle que j'aime, il me rendait heureux.

Et ses traits altérés, m'annonçaient la tempête ;

Je la voyais craintive, et lui prenais la main

Encor toute tremblante. O ! pour moi quelle fête

Je respirais son souffle , et me croyais certain

De posséder son cœur; elle était sur mon sein.

Que j'aimais son regard : il était doux et tendre

    Hélas! je ne dois plus prétendre

    Au bonheur enfanté ce matin.

Qui l'eut dit qu'aujourd'hui, tout entier à mes peines

Sans avenir heureux , j'abjurerais tes chaînes ,

Au sein même d'un bruit qui reçut nos sermens.

Ce n'était que délices ; hier, ton doux sourire

De plaisir m'enivrait ; ce soir tout en délire

J'appelle envain la mort, à peine ai-je vingt ans ,

    Pour vivre il me faut te maudire.

Oh ! foudre, écrase-moi, viens combler tous mes vœux

Viens terminer mon sort ; me rendant moins affreux

De trop chers souvenirs , je suis las de la vie ;

Consumé de douleurs , je vois la basse envie

Me harceler sans cesse ; au plus beau de mes jours

Elle m'a tout ravie : Amis , parens , maîtresses !

Non , je ne veux plus croire aux fidèles amours ,

Non plus qu'au bonheur des richesses.

Juillet.

Souvenir

Du Siècle.

Du sang, toujours du sang, et du sang criminel,

Qui circule à longs flots sous la hache infernale

    D'un licteur sanglant et cruel,

Soldé par la justice ! O ! France libérale,

    Soit l'écho de mes tristes chants,

    Qui toujours braveront nos tyrans.

Usage du barbare

Indigne du Français,

Loi cruelle et bizarre

Meurs en France à jamais.

Montre-toi généreuse,

Pardonnant l'assassin;

Mais que terre en son sein

Lui donne vertueuse

L'azile du remord,

Qu'il lui serve de tombe,

Qu'il y trouve la mort,

Enfin qu'il y succombe....

Jour et nuit consumé,

Dans sa froide demeure

Doit mourir l'insensé

Mille fois dans une heure.

Que toujours à ses yeux

La lumière des cieux

Soit pour jamais ravie ;

Et que sa triste vie

A ses destins affreux

Soit pareille , qu'il meure ! !...

Pâle et défiguré ,

Sous le poids de ses crimes ,

Il verra par degré

Jusqu'à lui reflué

Le sang de ses victimes ;

Et , son cœur ulcéré ,

Bénira la journée

Qui finira ses maux.

Voilà la destinée

De l'homme des tombeaux.

2

Rejeté par le monde

Dans un antre isolé,

Il meurt, mais détesté,

Sans qu'un ami réponde

A la douleur profonde,

Qui l'emporte à jamais

Loin de tous ces forfaits.

Du sang, toujours du sang, et du sang criminel,

Qui circule à longs flots sous la hache infernale

D'un licteur sanglant et cruel

Soldé par la justice ! O, France libérale,

Soit l'écho de mes tristes chants,

Qui toujours braveront nos tyrans.

1829.

Le Villageois.

Conte.

Un pauvre villageois, qui n'avait de la vie
Goûté quelque repos, se mit à réfléchir
Sur son malheureux sort : Je ne puis survenir
A goûter le repos ; sans parens, sans amie,
Je me sens descendre au tombeau.
Ma vie est pour moi grand fardeau.

Quelle existence ; o Dieu ! qu'il est cruel ce monde

Mon corps est tout débile et je ne peux manger ,

Le superbe avenir ! que le ciel me confonde ,

  Si je sais comment exister.

  Voilà notre homme qui rumine ,

  Il songe ; un projet lui sourit ,

  Vers un meilleur il s'achemine ,

  Et se voit bientôt aguerri.

  Se croyant fils de la fortune ,

  Il était heureux et content

  De pouvoir fixer la pécune ;

  Qu'il voyait mal le débutant !

Jeté dans l'Océan d'une vie enivrante

Il veut croire au bonheur, ou marcher à la mort,

  Il veut pour prix de son attente

Se conquérir un joli sort.

Arrête-toi jeune crédule ,

Arrête il en est temps encor !

O qu'il est beau ce ridicule ,

De vivre sans bien , sans trésor.

Malheur à vous grand de la terre ,

Si vous recherchez les honneurs ;

Au sein du faste et des grandeurs

Pour vous point de vie exemplaire.

Août 1829.

Pour Toi.

Que ma joie était grande à te voir à l'autel ,

Porter avec ferveur tes vœux à l'éternel.

De loin je t'admirais , et mon humble prière

S'allait joindre à tes vœux ! ton regard moins sévère

Me rendait à l'espoir , et ma douleur amère

S'échappait de mon sein , comme rayon des cieux

Rend encore à la terre un avenir heureux

Qu'un effrayant orage avait voulu détruire.

O qu'ils sont loin ces jours coulés dans ton manoir ,

Combien je les aimais ! chaume heureux du délire ,

Inspiré par tes yeux ; Je ne dois plus vous voir,
Et trahi par un traître, il faut bannir l'espoir
De vous revoir jamais. Eh ! quel était mon crime,
Homme vil et cruel, je vous avais trop tôt
Ouvert mon amitié, méprisable idiot

  Qu'une voix unanime

  Condamne venimeux.

Adieu toi que j'aimais comme l'on aime aux cieux,
Adieu toi qui m'es chère en dépit de leurs vœux,
Et qui sera toujours, en traits brûlans de flamme,
En mon cœur, ulcéré par les coups qu'un infame
Y vint porter, conduit par la main des parens,
Avilis à mes yeux et dignes des tourmens

  Par eux allumés en mon ame.

Juillet.

Souvenir.

Le Prisonnier.

Que j'aime à voir le peuple, aider de son aumône

Le faible prisonnier. Le regard malheureux,

Le cœur navré de pleurs, il regrette son chaume

Habité seulement par des fils vertueux.

La honte et le remords se lisent dans ses yeux.

Il respire en tremblant l'air pur de sa patrie,

Le sol qui le vit naître, et l'épouse chérie

Vont toujours rejeter de leur sein bienfaisant

L'homme aux affreux destins ; puis son ame égarée

Semble fuir sa dépouille au jour du jugement.

Se voir mourir et vivre en ce pénible instant,

Hélas voilà son sort, fatale destinée !

Qui se joue à son gré de l'homme à peine enfant

De l'anathème frappe un monstre tout naissant.

O qu'il doit être affreux ce jour ou jeune encore,

Le prisonnier languit éloigné pour jamais

De l'univers entier, de tout ce qu'il adore

Et du séjour de paix.

1829.

Souvenir.

Un Songe.

Un songe cette nuit a troublé mon repos ,

Je crois la voir encore au milieu des tombeaux ,

Pâle et défigurée, au plus beau de son âge ,

Par le chagrin flétrie , à peine elle a quinze ans,

Elle m'a dit adieu ; mais son triste visage

Respirait la douleur qu'un horrible voyage

    Laissait à ses nobles accens,

Comment vivre en ces lieux remplis de ta présence !
C'est ici qu'un beau jour vit naître ton enfance ,
C'est ici qu'un ciel pur reçut tous tes aveux ;
Car tu m'aimais alors : maintenant ma souffrance
Est mon unique espoir. J'ai reçu tes adieux
Auprès de ta famille , et ne fais que maudire ,
Depuis l'instant fatal , tout ce qui n'est pas toi.

   Il faudra que j'expire

   Ou vive sous ta loi.

Cent fois dans la journée, et marchant à grands pas
Je vole pour la voir , je frappe et je l'appelle :
Inutile désir , on ne me répond pas ,
J'insiste , on vient et me querelle ;
Devenant leur jouet , ils me croyent enfant ,
Et m'abaissent bien bas ; puis comme le géant ,
Je les engloutis tous dans un profond néant,

  Qui jamais ne me les rappelle.

       Juillet.

A Laure.

Ne berçons plus mon cœur d'une folle chimère ,

Pour moi plus de beaux jours en ce fatal pays.

Je ne dois plus la voir ; une infame mégère

Allumât dans mon sein d'innéfables soucis ,

Qui ne peuvent finir qu'avec ma misère.

Ce cœur cruel et dur est celui de ta mère ,

Bien digne de mon mépris.

Lorsque j'entends gronder la foudre ,

Mon ame est calme ; mais mon cœur

3

Pense à l'objet de ma douleur,

Et ne sais enfin que résoudre......

J'aime ! et demande à l'oublier.

Inutile désir. Oh ! lyre,

Pourquoi dans un cruel délire,

M'avoir appris à l'adorer.

Objet de ma flamme, demeure

Toujours auprès de tes parens

Qui nous causèrent vifs tourmens

Ineffaçables. A toute heure

Je puis encore te revoir.

Hélas !.... Oui, mon plus cher espoir

Est bien de te connaître heureuse ;

Mais je maudis cette pleureuse,

Qui te tracasse à chaque instant,

Et qui sans cesse est végétant.

Objet de haine, infernale marâtre,

Qui sut allumer en mon cœur

Peine cruelle, Jouis , mon malheur

Est à son comble! Va, le pâtre

Doit fouler à ses pieds et ma tête et mon cœur ,

Qui bientôt seront en poussière.

Pour toi que j'aime , à ma pudeur

Viens donner quelquefois des pleurs , une prière.

Août.

Souvenir

D'un Voyage.

Déjà j'avais frémi sur le sol étranger :

Baisieux m'avait revu ; je fuyais un danger

Pour un autre plus grand; remarquez bien l'histoire,.

Elle est très-véridique et difficile à croire.

Un jeune homme au teint blême , et revêtu de noir;

L'œil hagard, presqu'éteint, comptant sur son savoir,

3*

Hypocrite dans l'ame ; et dans sa main le livre,

Qui parle de bonté qui jamais ne l'enivre.

Voilà fidel portrait , de notre hôte nouveau.

Ajoutez à cela , portrait de chicaneau.

Un jeune homme fumait.—Grand Dieu ! quelle indécence.

Pourquoi fumer. Monsieur ? — Sans doute qu'il me plaît ,

Répond l'homme du siècle , et puis la jouissance

Doit être à notre gré ; Monsieur le farfadet ,

Restez tout à vos Saints ; laissez-moi par prudence ;

Et notre homme aussitôt de prendre le fausset

Et de chercher son livre en signe expiatoire

Et de crier bien haut pour mieux chercher victoire,

L'entourage était bon. Une vieille au cœur noir

Etait à ses côtés ayant même vouloir ,

Elle parlait du christ comme d'un très-bon père.

Enfin très-long abbé , pour ses péchés passés ,

Voulut absolument se remettre en prière ,

Et sa charmante aussi ; qu'ils étaient déplacés ;

Tous ces roulemens d'yeux ; allez , cœurs de vipère,

Allez , dans ce siècle éclairé ,

Les infàmes bigots ne doivent être à craindre.

Oui pour toujours jurons la guerre au prieuré ;

Ou sachons mourir sans nous plaindre.

Août.

Encore à M. H....

Toujours je veux chanter le Français malheureux.

Qui respire en ces lieux ,

Et pour prix du service ,

Il cherche à m'éviter :

Il est bien grand mon vice ?

Je suis indigne , H.***, de vouloir louanger ;

Non , je ne suis pas né sous la voûte immortelle

D'un superbe palais ;

Mon nom a peu de gloire, et désire la paix.

Voilà mon seul mérite, et n'avoir que du zèle,

A vingt ans, sans amis, sans parens et sans belle.

Août.

Souvenir

D'un Proscrit.

Un tombeau vers cet antre , et qui parait encore

De larmes arrosé ; qu'y vois-je, un seul mot, FLORE

Triste attribut de mort. Tu paraissais aimé ,

Toi qu'un marbre recouvre en ces lieux isolés ;

Au printemps de ses jours , oui, sans doute elle est morte

Poussière maintenant ! Ses projets elle avorte ,

Et son ombre tremblante à fui l'amant chéri

Qui se meurt loin d'elle, et se trouve flétri

Depuis le jour cruel, ou la faulx sépulcrale,

Vint trancher une vie encore virginale

O qu'il a dû souffrir l'amant de qui le cœur

Rêvait d'heureux destins ; près d'elle le malheur

Semblait fuir à jamais ; oui son ame enivrée,

Des doux plaisirs d'amour, cherchait simple vallée,

Crépuscule du jour, silence des oiseaux.

Mais pour lui maintenant plus d'amour, de repos,

Un soupir éternel forme son existence :

Il voit couler ses jours éloigné de la France ;

Et l'exécrable envie abat en peu d'instans,

Réputation sans tache et mœurs d'un autre temps.

Des hommes corrompus, et qu'on ne doit combattre

Sèment milliers d'horreurs ; le disant du théâtre,

Ils pensent l'affliger par de honteux caquets.

Pour les abattre lui, lui connait des effets.

Et dans l'obscur silence où se passe sa vie,

Il peut tous les détruire en nommant sa patrie.

Enfin de sa mémoire effaçons pour toujours

Le tems heureux de son enfance,

Qui tout entier à la vengeance

Le laissa sans amie emportant ses amours.

Juillet.

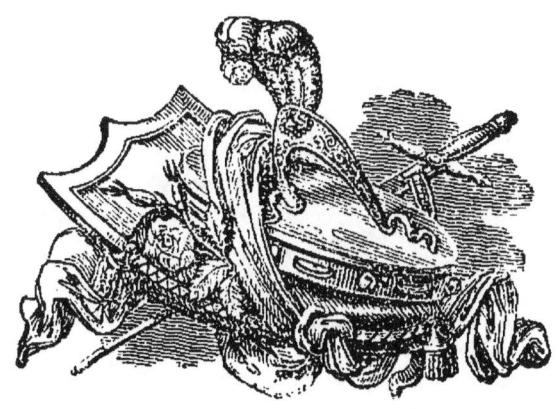

A S.***

Que la justice est lente à rendre ses arrêts !

D'un soldat furibond je t'ai cru la victime ,

Ami Sen.***, allons , punissez les forfaits ,

Juges et magistrats frappez encor le crime.

Afin de recueillir le fruit de vos travaux

Qu'un exemple cruel soit connu de l'armée.

Bannissez des drapeaux

La triste destinée.

Aux ordres supérieurs ne faisant qu'obéir ,

Par trop d'obéiseance il a failli périr

Victime du devoir ; s'il eut perdu la vie.

. . . .

Loin des champs de la gloire il se sentait mourir,

Et son sang ruisselait, non pas pour la patrie,

Mais bien pour conserver des jours si précieux.

Sen.***, que les destins appelait à la guerre,

Ne doit pas s'attendrir sur l'homme monstrueux ;

Son infâme assassin va dormir sous la pierre.

Qu'il meure ! et que son sang soit versé pour un bien;

Lui, traître à son pays, doit être un assassin.

Trahissant les français, il peut trahir Guillaume,

Et les chefs de l'état ne doivent pas souffrir

Un homme criminel au sein de ce royaume,

De ces lieux pour jamais il faudra le bannir.

Abattez cet ingrat et prouvez à la France,

Qu'on sait punir ici le crime et ennoblir

Le soldat vertueux digne de récompense.

Le 5 Juillet.

Adieux.

Adieu bonheur, adieu patrie,

Adieu terre que j'ai chérie ;

Adieu beau vallon que j'aimais,

Seul témoin des premiers succès

De mon jeune âge ; adieu vallée,

Où se passait ma destinée,

Et qui sera longtems encor

L'empreinte d'un fidèle essor.

4*.

Adieu vierge , adieu toi que j'aime ,

Adieu plaisirs d'amour et même ,

Adieu parens cruels et durs ,

Qui me causèrent , quoiqu'obscurs ,

Tourmens affreux. Dans mon délire ,

Brisons et mon cœur et ma lyre ;

Oui, pour jamais, au gré des vents ,

Abandonnons mes jeunes ans.

C'en est fait, pour toujours, triomphons de ma flamme

Absence a fait pâlir mon amoureuse ardeur ,

Et je veux maintenant effacer en mon ame

Les peines de l'amour. Fesant régner l'honneur ;

Dans les champs de la gloire , allons passer ma vie ,

Allons comme un brillant génie ,

Ceindre ma tête d'un laurier

Envié de nos jours par plus d'un meurtrier.

Juillet.

Vendredi.

Une vierge m'aimait,

Son cœur me le disait

Et moi de croire l'infidèle ,

Qui devait m'aimer disait-elle ,

Jusqu'au jour affreux du trépas.

L'ange exterminateur n'a point levé son bras ,

et la cruelle Flore

Oublie et ses sermens et celui qui l'adore ,

Pour être à sa famille. Ah ! mon cher Théodore.

Qu'il est grand son forfait.

Mon ami tu viendras au séjour des allarmes,

Me donner quelques larmes.

C'est pour un vendredi ,

Que ma mort se prépare ;

Oui , ma raison s'égare

Lorsque je songe au samedi....

Ce jour m'était fatal , je le sens en mon ame,

Qu'il m'a coûté chagrin d'amour ,

Et quels cruels tourmens , l'infâme ,

Vint me causer dans ce séjour ;

Qui , par l'humble prière ,

En voyant mon tombeau

Recouvert de poussière

Priera , d'un pareil fardeau ,

Qui cherche à s'honorer ; serait-ce toi mon frère !

Souvenir

De l'Allemagne.

O ! combien j'ai languis dans la froide Allemagne,

Qu'ils étaient grands mes maux ! J'étais toujours rêvant

A l'objet de ma flamme ; et quel cruel tourment

Ne prouvais-je donc pas ! O ! ma chère compagne ;

Nuit et jour consumé par un soleil mourant,

Je respirais à peine, et le vulgaire méchant.

Donnait une autre cause à ma douleur amère :

Dans ce temps fortuné je n'avais que misère.

En Prusse la fortune y conduisit mes pas ,

De dégouts abreuvé , je vis l'infâme envie.

Je cherchais un ciel pur et n'en rencontrais pas ;

Pour tout bien je trouvais la basse calomnie.

Un roi sage gouverne en ce fatal pays ;

Il aime bien son peuple , et son peuple de même

Prodigue à ce bon roi grand amour que Paris

Refuse au sanglant diadème.

Trois mois de plus et je mourais

Sans revoir ma belle patrie ,

Trois mois là-bas et je voyais ,

Mon ange aux yeux bleus , bon génie

Accorde-moi je t'en supplie ,

(47)

Ce que j'ai demandé vainement à nos dieux ,

Une vierge qui m'aime et qui me rende heureux ,

Enfin ton portrait pour la vie.

J'ai ranimé mes sens sous le toit paternel ,

J'ai vu l'ange aux yeux bleus au sein de ces vallées ,

J'ai respiré sous un beau ciel ,

Je veux mourir en ces contrées.

Août.

Plainte

A Corinne.

Corinne, qu'il est à plaindre,
Le sort de votre amant,
Toujours il faut se contraindre,
Ne respirer que tourment !
Comme un bruyant météore
Qui s'élève en un beau jour.

5

Et qui doit fuir sans retour,

Au plus beau de mon aurore,

Comme lui je vais mourir

Sans laisser un souvenir.

Pleure, amante infortunée,

Pleure toi que j'ai tant aimé,

Et qu'en mon cœur ulcéré

Je cherche une destinée.

Oui, ton nom m'est doux encore,

Ingrate et perfide Laure.

Pourquoi l'enfant du malheur

Laissa-t-il naître en son ame

Le feu divin de ta flamme ;

C'est qu'il espérait ton cœur.

Entends ma voix jeune et fière,

Entends mes accens affreux,

Entends mon humble prière

S'accorder à tes aveux ;

Entends mon bruyant délire

Redemander le néant,

Plutot que ma triste Lyre ,

Me signale comme amant,

De la trop perfide Laure ,

Qui chagrine et qui dévore ,

Par le plus cruel tourment

Que jamais l'on puisse élire.

Août.

Souvenir

De Waterloo.

O ! champ de Waterloo , si funeste aux Français !

Qui deviez nous rendre à jamais

La paix et le bonheur, regémissez encore

Sur les tombeaux sanglans de nos jeunes guerriers ,

L'espoir de la patrie entouré de lauriers

Mourut à peine à son aurore.

J'ai vu le plomb poudreux assaillir le héros,

Et son chapeau tout en lambeaux

Comme au jour d'une grande fête ,

5 *

Se fesait remarquer par des signes d'honneur.

Quelle était grande la tempête !

Partout sur tous les points je n'ai vu que l'horreur.

Pourquoi n'être point mort au sein de vos bannières

Parmi l'airain meurtri des bandes étrangères ,

Il ne fallait pas fuir en combattant pour lui ,

Lui dont le souvenir désarmera l'histoire ,

Toujours resplendissant de gloire

Dont il était le ferme appui.

Flore.

O ! toi chère à mon cœur, et dont la douce image !

Effaçait en mon ame et chagrin et douleur ;

De mon ardent amour reçois ici l'hommage ,

Et viens éteindre en moi la flamme du malheur ,

Pour y faire régner l'amour que tu partage.

Flore , rappelle-toi des jours exempts d'orage ,

Où mon ame attendait l'instant du rendez-vous.,

J'entrais : où ton regard m'annonçait le courroux ,

Du traître qui trahit tes parens et nous tous ,

Ou bien il m'annonçait le plus heureux présage ;

Qui me charmait soudain , ton regard était doux ;

Que j'aimais tes beaux yeux , qui n'ont rien de vulgaire,

Ils semblaient me promettre un avenir ; te plaire ,

Fesait ma seule étude. Oui , j'en croyais tes yeux

Emblême de vertus. Flore et tes doux aveux.

La mort achevera ma vie languissante ,

Si tu ne m'es rendue , et semblable à la fleur ;

Qu'un souffle à fait périr au fort de la tourmente,

Comme elle anéantit, je cède à ma douleur.

Souvenir.

Napoléon n'est plus, guerriers versez des pleurs ;

Et vous nobles soldats qui portiez ses couleurs ,

Venez prier pour lui , France qui lui fut chère

Viens donner une larme à celui que la mort ,

Respecta tant de fois aux hasards de la guerre ;

Et devait respecter encor.

Combien a du gémir le géant des batailles ,

Là-bas à Sainte Hélène il voulut le trépas,

Il ne pouvait plus vivre , et ses meilleurs soldats

Restèrent pour ses funérailles.

Le héros consumé de mortelles douleurs ,

Redemandait la France et sa gloire bannie ,

Et souvent absorbé par l'éclat des grandeurs

Il se croyait encore au sein de sa patrie.

Puis rêvant quelquefois à son orgueil fatal

Il croyait dominer , mais s'éveillait esclave ,

Lui qui fut encensé par tout un peuple brave ,

Va mourir loin du sol natal.

Sur un rocher désert, au bruit sourd des tempêtes'

Loin de son beau pays , il est allé mourir ;

Abandonné des rois , que le feu des conquêtes

Devait pour jamais engloutir.

Le siècle encensa cette idole ,

Qui plus tard nous donna des fers ;

Ce grand homme d'une parole ,

Se fit craindre dans l'univers.

A M. Hen.***

Jeté parmi la foule en des lieux éclairés ,

De luxe et de noblesse et cherchant l'attitude

Qui ne pouvait suffir à mon inquiétude ;

Vainement j'attendis justice des jurés.

Dans le fond de la salle était une assemblée

De premiers magistrats, et puis dans la mêlée

Venait les professeurs ; un seul eut mes regards.

Il était étranger, bien grand de caractère,

Il n'appartenait plus à la classe vulgaire ,

Les grands lui devaient des égards.

6

Il faudra bien un jour plaindre sa destinée

Couvert d'âge et de gloire en libre citoyen

Toujours il a vécu, maintenant pour tout bien

Il desire la paix qu'une ligue effrénée

Sur le sol étranger lui veut encor ravir.

Que le sort du proscrit est un pénible rêve,

Tourmenté par l'envie il ne fait que languir :

Et ne demande aux Dieux qu'une mort qui l'achève.

Tout, même la louange, a des traits vénimeux ;

O ! quel triste séjour que le séjour du traître,

Qui veut en imposer par de coupables vœux,

Et que des attentats font souvent reconnaître.

Septembre.

Souvenir.

La gloire de la France était au plus haut point,

Et les rois renversés par le flot populaire,

Courbaient encor leurs fronts cachés dans la poussière.

Bonaparte vainqueur nous était aussi joint,

Par des liens sacrés, et la France en silence,

Admirait son génie au plus haut point porté,

    Il rendit la vaillance

    A la grande cité.

    Les champs de l'Italie,

    Couverts de nos lauriers ;

Du plus grand des guerriers

Atteste le génie.

Un drapeau mutilé

Assure la victoire,

Au soldat accablé,

Par des rêves de gloire.

Bouleversant l'Europe, il donne à son pays,

Le repos desiré qu'il appelle à grands cris;

Se fait nommer consul pour mieux monter au trône,

Et devient empereur pour nous donner des fers;

Toi fatal au français, et craint dans l'univers

Va mourir chez l'Anglais dans un état d'aumône.

La faute en est à toi,

A toi qui de ta vie;

Ne devait en grand roi,

Commander la patrie.

1829.

Visite

Au Collège de Tournay,

Voici la réunion que je crois nécessaire ,

Au printems de la vie , oui je revois mes pas

Dont l'empreinte est restée dans ces lieux de combats:

Jadis nous combattions en frère ,

Ce bon tems m'était tutélaire.

Je reconnais ici la prison salutaire ,

Je reconnais encore aussi ce presbytère ;

6*

Qui m'accueillit enfant, hélas! j'avais dix ans.

Lorsqu'un jeune souhait ravissait au courage,

Tout ce qui m'était cher, livres et rudimens;

    O Dieu! comme au jeune âge,

    Ils étaient vifs mes accens.

Ils me plaisaient aussi ces plaisirs de l'enfance,

Tracassant celui-ci, prenant pour celui-là;

    Jadis avec grande vaillance

    Je mettais toujours le holà.

Maintenant tout entier à mes peines amères;

Je suis tout languissant, je vois mes plus beaux jours

Abreuvés de douleur, et des amis vulgaires,

    Veulent m'abattre pour toujours.

L'Orphelin.

Delaissé, resté seul , pendant toute la vie ,

Etre en but au mépris ,

De vils persécuteurs , n'avoir pas une amie

Pour compter ses soucis.

Sur la terre étrangère au sein de l'abstinence ,

Vivre comme un fantôme , hélas ! voilà son sort ;

Au milieu des plaisirs demander audience ,

Au séjour de la mort.

Tourmenté jour et nuit par la coupable envie ,

N'avoir que vifs tourmens au sein de sa patrie.

Et chercher un asile au milieu des tombeaux ;

Pour avoir un abri , pour goûter le repos.

Voilà de ses malheurs l'inexplicable histoire ;

Frappé par le destin on meurt mais non sans gloire.

Tandis que l'orphelin, sans jamais en mourir,

Meurt d'une mort fatale en se sentant flétrir.

Chaque jour il accuse et son siècle et les Dieux,

Chaque jour au supplice il vient tendre la tête ;

Car il ne connait d'autre fête,

Que la fête des malheureux.

Le Retour.

Que j'aime à contempler l'azile où mon enfance

Demandait vainement aux dieux ,

Un abri salutaire ; avec quelle éloquence

Je fesais entendre mes vœux.

C'est bien cette vallée où mon ame souffrante ,

Rêvait des jours de gloire en voyant ses soldats ,

Que le fer étranger respectait aux combats ,

Comme les aquilons au fort de la tourmente

Respectent le chêne géant.

C'est là que le soupir s'échappait de mon ame,

Lorsqu'un rêve d'Amour m'énivrait jeune enfant ,

Alors aussi mes vœux demandaient le néant ;

Depuis j'ai demandé l'objet cher à ma flamme.

Hélas ! il faut mourir. Mourir! et sans la voir ,

Sans l'embrasser encor , sans lui dire que j'aime ,

Ses yeux baignés de pleurs ; un autre aussi de même

Pourra lire en son ame un éternel espoir.

Destin finis mes maux , tu vois mon désespoir.

Adieu donc cruelle chimère ;

Adieu preux à l'ame guerrière ;

Adieu ! . . . . . Sur la rive étrangère

Je vais encor porter mes pas.

(71)

Peut-être au sein de l'Italie,

Trouverais-je une tendre amie,

Pour me consoler de la vie

Qui jadis m'offrait tant d'appas.